# DISCOURS

PRONONCÉ PAR

# M. LÉOPOLD GOIRAND

## Séance du 27 Avril 1888

### DISCUSSION DE LA PROPOSITION DE LOI

CONCERNANT LA

## COMPAGNIE DU CANAL INTEROCÉANIQUE DE PANAMA

PARIS·

IMPRIMERIE DES JOURNAUX OFFICIELS

31, QUAI VOLTAIRE, 31

—

1888

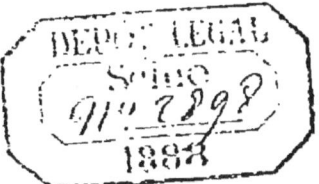

CHAMBRE DES DÉPUTÉS

EXTRAIT DU *JOURNAL OFFICIEL* DU 28 AVRIL 1888

# DISCOURS

PRONONCÉ PAR

# M. LÉOPOLD GOIRAND

Séance du 27 Avril 1888

MESSIEURS,

Avant de rentrer dans le fond du débat, je crois intéressant d'examiner les diverses fluctuations qu'a subies la commission avant de donner naissance à la majorité favorable à la proposition de loi, et partant au rapport dont nous avons à adopter ou à rejeter les conclusions.

Vous n'avez pas oublié que, pendant ces dernières vacances parlementaires, la presse nous a appris que la commission de Panama, partagée à peu près, que dis-je à peu près? partagée mathématiquement en deux parties égales, avait nommé pour rapporteur l'honorable M. Rondeleux. Nous avons appris, en même temps, que M. Rondeleux était hostile au projet de loi et qu'il devait conclure en ce sens que la Chambre ne croyait pas devoir ordonner une dérogation à la loi sur les loteries de 1836.

Huit jours après, nous avons appris que tout était changé, que M. Rondeleux n'était plus rapporteur, que la majorité s'était déplacée, qu'un nouveau rapporteur était nommé, et que la commission parlementaire concluait à l'adoption de la proposition de loi.

Simultanément, ai-je besoin de le dire, les cours de la Bourse étaient vivement influencés par ce revirement subit de la commission parlementaire : les cours de Panama étaient à 267 fr. alors que M. Rondeleux était rapporteur; depuis que M. Rondeleux n'est plus rapporteur, les cours sont à 340 fr. (On rit), c'est-à-dire qu'en huit jours il y a eu une majoration de 35 p. 100 sur la valeur des actions de Panama.

**M. Saint-Martin** (Vaucluse). Qu'est-ce que peuvent nous faire les cours de la Bourse?

**M. Léopold Goirand.** Comment! qu'est-ce que cela peut nous faire? Si je vous signale cette conséquence des fluctuations auxquelles a obéi la commission, c'est que je me rappelle quelles étaient les préventions d'un certain nombre de nos collègues lorsque l'on discutait, à cette tribune, la question de la prise en considération de la proposition de loi. L'honorable M. Achard, entre autres, vous disait que rien n'était plus dangereux pour la Chambre que de s'immiscer ainsi dans des entreprises privées... (Applaudissements sur divers bancs), que rien n'était plus dangereux que de porter la main sur le fonctionnement économique du pays. (Très bien! très bien! sur les mêmes bancs.)

Il appelait très vivement l'attention de la Chambre sur ces considérations, et huit jours après nous avions la preuve des dangers qu'il indiquait dans cette majoration de 35 p. 100 sur le cours des actions de la société qui, aujourd'hui, sollicite notre appui.

J'ai voulu me rendre compte des causes du changement brusque qui s'est opéré dans la commission; j'ai pris connaissance de ses procès-verbaux.

J'ai constaté que M. Rondeleux, nommé rapporteur au bénéfice de l'âge, après trois tours de scrutin, par 5 voix contre 5 données à M. Henry Maret, que M. Rondeleux, dis-je, arrivait à la séance du 19 avril dernier avec son rapport terminé. Il concluait, selon le mandat qu'il avait reçu, au rejet de la proposition.

Je lis, dans le procès-verbal de la séance, ce qui suit :

« *M. Sans-Leroy*. Quoique le secret soit de règle en pareille matière, je ne fais aucune difficulté d'avouer que lorsque la commission a nommé son rapporteur, j'ai voté pour M. Rondeleux.

« Son rapport est exactement l'expression de ma pensée; mais une question supérieure doit primer le désir que j'aurais d'appuyer le rapport.

« Depuis le jour où la commission a pris une décision, j'ai été singulièrement troublé par les conversations auxquelles j'ai été mêlé, soit en France, soit à l'étranger. La situation est telle qu'augmenter le nombre de ceux qui prétendent que la Chambre ne fait pas leurs affaires serait dangereux. Ce serait une faute, je crois, d'adopter le rapport. »

A la suite de cette déclaration, le rapport de M. Rondeleux ayant été lu, la majorité se trouvant déplacée, le rapport a été rejeté par six voix contre cinq. et M. Henry Maret a été nommé rapporteur par la même majorité.

Vous me demanderez peut-être quelle utilité il peut y avoir à entretenir la Chambre de ces détails ?

Je crois que ces indications sont très intéressantes, car, en définitive, lorsque vous avez nommé une commission pour examiner un projet de loi et qu'elle se présente devant vous avec des conclusions fermes, avec un rapport décisif, cette situation est de nature à exercer sur vos délibérations une influence déterminante. Avoir pour soi les conclusions de la commission, c'est quelque chose, lorsqu'on poursuit la réalisation d'un projet.

J'ai donc cru intéressant de vous faire connaître à quelle circonstance était dû le rapport actuel de la commission, et comment son caractère, d'abord négatif, est devenu favorable.

Il est acquis que si vous avez un rapport concluant à l'adoption de la proposition de loi, ce n'est pas parce que la majorité, au fond, a changé, car M. Sans-Leroy a dit : « Le rapport de M. Rondeleux est exactement l'expression de ma pensée » ...

**M. Sans-Leroy.** Je demande la parole.

**M. Léopold Goirand.** Je lis textuellement le procès-verbal de la commission.

Malgré cette déclaration, M. Sans-Leroy ayant voté contre l'admission du rapport, vous êtes aujourd'hui en présence de conclusions absolument contraires à celles que vous auriez devant vous si notre honorable collègue avait maintenu sa première attitude.

Vous vous rappelez, messieurs, que ce n'est pas sans hésitation que vous vous êtes décidés à aborder le fond même de cette question. Vous avez gardé le souvenir de la façon dont le débat s'est engagé sur le point de savoir si vous prendriez en considération la proposition de loi. Deux opinions se sont manifestées : M. de Jouvencel, M. le comte de Kergariou, M. Achard, ont soutenu avec beaucoup d'énergie qu'il était périlleux pour la Chambre de s'engager dans une pareille voie, qu'il était périlleux de prendre en considération le projet qui lui était soumis, parce que, par cela même, elle prenait l'engagement de résoudre la question et d'émettre en définitive, après l'avoir examinée, un avis favorable ou défavorable à l'entreprise de Panama.

Messieurs, c'est surtout M. Georges Roche qui a répondu à MM. de Jouvencel, de Kergariou et Achard, et voici comment M. Georges Roche s'est exprimé :

« Quant à moi, je ne sais pas encore quel vote j'émettrai sur le fond; je ne puis pas dire, comme l'honorable M. de la Ferrière, que je suis sympathique en principe au projet. Je déclare que, tant que je ne l'aurai pas examiné, étudié avec soin, et tant qu'il n'aura pas subi l'épreuve de la discussion publique, tant que je n'aurai pas vu les pièces qui pourront m'édifier dans un sens ou dans l'autre, je n'ai pas d'opinion à émettre sur le fond du projet qui fait l'objet de la proposition de loi. J'attendrai que les auteurs apportent la justification du vote qu'ils sollicitent pour m'engager dans la voie où ils nous appellent. »

Et plus tard : « Si c'est une de ces affaires à laquelle la Chambre doit rester complètement étrangère, vous le direz au cours des débats, et après, chacun votera suivant l'opinion que lui inspirera cette discussion ; mais vous n'aurez pas autorisé 400,000 intéressés dans cette grande entreprise à vous dire : Si vous aviez laissé discuter la proposition, peut-être ne serait-on pas arrivé à la solution qui nous ruine. Après les études de la commission, après les rapports techniques ou les enquêtes que la Chambre pouvait exiger, l'autorisation sollicitée par la proposition nous eût été accordée et nous ne serions pas ruinés ! »

C'est après ces débats contradictoires que vous avez voté la prise en considération.

Le mandat de votre commission était donc bien défini. Il s'agissait pour elle de rassembler, de colliger pour nous tous les renseignements qui pouvaient élucider la question. Il s'agissait pour elle d'appeler les hommes techniques, les ingénieurs, les industriels, même les économistes, de réunir, comme en un faisceau, toutes ces opinions, de vous les apporter et de vous dire si oui ou non l'affaire de Panama méritait votre bienveillance et si surtout elle méritait votre confiance pour l'avenir.

Permettez-moi d'examiner avec vous comment la commission a compris le mandat que vous lui avez confié.

Elle s'est bornée à entendre trois personnes — et lorsque je dis trois personnes, j'entends surtout celles qui n'ont aucun intérêt dans l'affaire et dont les témoignages peuvent être autorisés — M. Rousseau, l'ingénieur très connu dont on nous a parlé tout à l'heure, M. Hart, syndic des agents de change, et M. le ministre des finances.

On vous dit que M. Rousseau ne craignait pas de patronner de toute son autorité l'affaire de Panama. Il me semble que c'est bien là le sens des paroles qui ont été prononcées par l'orateur qui m'a précédé à cette tribune. Eh bien, voici la déposition textuelle de M. Rousseau devant la commission :

« *M. Rousseau.* — J'ignore, messieurs, ce qu'est l'entreprise. » — (Car il faut bien le dire, dans cette affaire la question qui toujours se pose est celle-ci : Oui ou non, croyez-vous à la possibilité du canal de Panama ? Oui ou non croyez-vous au succès de l'affaire? Pensez-vous que les capitaux qui, sur notre appel, sur la foi qu'ils auront dans l'examen que nous aurons fait, viendront à la compagnie, seront sauvegardés et rémunérés? C'est là l'inévitable question, et elle a été posée à M. Rousseau, de même que plus tard elle fut posée, comme vous allez le voir, à M. le ministre des finances.)

Que répond M. Rousseau ?

« J'ignore, messieurs, ce qu'est l'entreprise. Je sais seulement que la compagnie a adopté le canal à écluses — il le sait comme nous — mais il faut que les responsabilités soient bien délimitées. »

Et plus loin, il dit : « Lorsque j'indiquais la possibilité de faire un canal à écluses, ce n'était nullement après étude des procédés techniques à employer. C'était une idée que je donnais, et je tiens à bien spécifier que je ne suis pas l'auteur du nouveau projet de la compagnie.

« Le canal à écluses me semblait possible, je le concevais avec des écluses ordinaires, on parle d'écluses à chute de 11 mètres; ceci est un fait absolument nouveau.

« Je ne nie pas que la chose soit possible; mais elle est tout au moins nouvelle; et on a tout lieu de se montrer sceptique. » (Mouvements divers.)

Voilà la déposition de M. Rousseau.

Messieurs, cette déposition n'est, en définitive, que la confirmation de l'attitude qu'avait prise M. Rousseau en 1886. Si vous avez lu le rapport de M. Rousseau — mais je crois que peu de personnes l'ont lu...

*Voix au centre*. On ne nous l'a pas communiqué !

**M. Léopold Goirand.** ...parce que les exemplaires en sont extrêmement rares.

Je l'ai lu d'un bout à l'autre : je crois pouvoir déclarer que le rapport de M. Rousseau est l'arsenal le plus riche et le plus varié qu'on puisse imaginer en armes de toutes sortes pour attaquer et pour défendre la compagnie de Panama. Selon que vous prenez tel ou tel passage, vous arrivez à confirmer les données de la compagnie ou au contraire à corroborer ce que disent tous les adversaires du canal de Panama. Cette fois, la question avait été posée avec une netteté telle qu'il était absolument impossible à M. Rousseau d'éluder la réponse. On lui a dit : Oui ou non, avez-vous confiance en ce nouveau canal à écluses ? Vous avez vu qu'il a répondu que le projet lui paraissait au moins suspect.

La commission devait se préoccuper d'une autre question, celle de savoir quelles seraient à la Bourse les conséquence de la ruine de la compagnie, au cas où la Chambre ne lui donnerait pas le secours qu'elle sollicite. Il y a eu une déposition, dont j'ai le regret de ne pas trouver trace dans le travail de M. le rapporteur, qui me paraît avoir une importance capitale, car, vous le savez, c'est surtout en insistant auprès de nous sur les dangers possibles de l'effondrement nouveau du marché financier qu'on essaie de nous faire accorder l'autorisation de l'émission sollicitée.

Voci ce qu'a répondu à ce sujet M. Hart, syndic des agents de change.

M. Félix Faure lui dit : « La rente serait-elle affectée ? »

M. Hart répond : « Le crédit de l'Etat n'est pas en jeu, il est en dehors de l'affaire de Panama

M. Félix Faure. « D'autres valeurs qui sont la base du marché français subiraient-elles une dépréciation considérable ? »

Réponse de M. Hart : « Je ne le crois pas. »

Et plus loin :

« Les petites bourses vont aux gros intérêts. Je crains que le refus d'autorisation n'éloigne les capitaux modestes des émissions futures et ne paralyse la fortune de la France. »

Pour ce qui est de cette dernière appréciation, que les petites bourses devenant plus timides, plus prudentes, le fait aurait pour conséquence de paralyser la fortune de la France, j'avoue que cette conséquence est au moins contestable. (Très bien ! très bien ! à gauche.)

M. le ministre des finances a également comparu devant la commission et il a eu à s'expliquer sur trois points. Le premier, qui, pour moi, me paraît essentiel, capital, est celui même qui était signalé tout à l'heure à M. Rousseau, à savoir, ce qu'il pouvait penser de l'entreprise de Panama et quel degré de confiance il pouvait lui accorder.

M. le ministre, interrogé sur ce point, refuse de répondre à la question ainsi posée. Cependant il ajoute :

« L'affaire de Panama est une entreprise privée ; elle ne doit pas obtenir plus qu'aucune autre affaire similaire l'attention du Gouvernement. L'Etat ne peut jouer le rôle de Mentor des capitaux... (Très bien ! très bien ! à gauche) ... leur indiquer la voie où ils peuvent s'engager, et renseigner le pays sur la valeur de telle ou telle entreprise. » (Très bien ! très bien ! sur les mêmes bancs.)

Voilà la réponse de M. le ministre des finances.

Cette réponse, elle est nette, elle est catégorique, elle indique à la Chambre la voie qu'elle doit suivre. Cette réponse, si elle eût trouvé dans le rapport une place plus large, aurait eu peut-être pour conséquence d'éviter les malentendus qui se sont produits. Il est fort possible que si ces paroles eussent été reproduites telles que je viens moi-même de les reproduire, on ne se serait pas mépris sur le sens de la déclaration ministérielle. Car, il faut bien vous le rappeler, messieurs, c'est à la suite de la publication du rapport surtout que le public a pris confiance, c'est à la suite du rapport que s'est produite cette hausse successive que je vous dénonçais tout à l'heure.

Le rapport s'explique surtout sur deux autres points que je considère comme absolument secondaires et sur lesquels avaient également porté les questions du président de la commission.

On avait demandé à M. le ministre s'il ne croyait pas que l'émission de l'emprunt sollicité par la compagnie pût avoir pour effet de nuire à tel autre emprunt que l'Etat pourrait avoir le projet d'émettre; on lui demandait en même temps quel était son avis au point de vue de la jurisprudence parlementaire en pareille matière, c'est-à-dire en ce qui concerne la dérogation à la loi sur les loteries.

J'ai dit que ce sont là deux points absolument secondaires, absolument contingents. Ils s'appliquent à toute affaire quelle qu'elle soit : ils s'appliqueraient aussi bien à une autorisation d'emprunt pour une banque nationale ou pour une entreprise de chemin de fer. Cela n'avait absolument rien de spécial, rien de particulier pour la question qui intéressait la commission.

M. le ministre a répondu dans les termes qui sont mentionnés dans le rapport.

« M. Peytral a déclaré que le Gouvernement ne voulait, pas plus que la commission, se prononcer sur la valeur de l'affaire.

« Il s'est simplement préoccupé de la question de légalité et de la répercussion que l'émission projetée pourrait avoir sur le marché des capitaux.

« Sur le premier point, rien, selon lui, ne s'oppose à l'adoption de la proposition.

« Sur le second, M. le ministre a affirmé que, le Gouvernement n'ayant pas l'intention de faire appel à l'épargne, les emprunts de la compagnie ne pourraient nuire à son crédit. La rente bénéficiera, au contraire, du placement des 120 millions que la compagnie offre en garantie à sa clientèle. »

Messieurs, quand je compare cette seconde déposition à la première, cette seconde réponse à celle dont je vous lisais tout à l'heure les termes précis, je dis que la première avait une importance capitale, et que la seconde avait une importance secondaire, parce que la première était la déclaration ferme, claire, nette de l'attitude que le Gouvernement avait l'intention de prendre dans la question de Panama, et que la seconde s'appliquerait au contraire à toute espèce d'entreprise pour laquelle on demanderait une autorisation similaire.

En présence des réponses négatives de M. Rousseau, de la déposition de M. Hart et de la déposition de M. le ministre des finances, on pouvait croire un instant que les dispositions premières de la commission pourraient être ébranlées. Aussi a-t-on imaginé, au cours des délibérations, un moyen terme évitant toute dérogation à la loi de 1836 sur les loteries, du moins pour ce qui concerne les sociétés financières.

Voici ce que nous lisons à ce sujet dans le rapport :

« Notre honorable collègue, M. Félix Faure, a proposé à la commission de remplacer le projet de loi dont elle était saisie par un autre projet réformant la loi de 1836, dont les dispositions cesseraient d'être applicables en ce qui concerne les valeurs à lots, aux entreprises ayant un caractère d'intérêt public.

2

« Votre commission s'est associée, à l'unanimité, au principe de liberté qui a guidé M. Félix Faure. Comme lui, elle pense qu'il serait infiniment préférable de ne plus voir comparaître les compagnies à la barre de la Chambre, et s'élever des discussions toujours dangereuses lorsqu'il s'agit d'entreprises privées, où l'Etat n'a et ne doit prendre aucune responsabilité, puisqu'il ne lui est donné aucun contrôle.

« Mais, tout en désirant que la Chambre pût voter au plus tôt la nouvelle loi qui lui serait proposée, votre commission n'a pas cru devoir substituer le contre-projet de M. Faure à la proposition dont elle était saisie, et cela pour deux raisons :

« D'abord parce qu'il lui a paru qu'il s'agissait là d'une loi générale pour l'étude de laquelle elle n'avait pas reçu mandat de la Chambre ;

« Puis, parce qu'il résulte des déclarations de la compagnie de Panama que les plus grands désastres, et en particulier l'arrêt des travaux, seraient la conséquence d'un retard. Or, le vote de la loi de M. Faure et l'élaboration du règlement d'administration publique qui s'ensuivrait exigeraient d'inévitables délais. Il résulterait donc de cette substitution que toutes les sociétés pourraient en effet émettre des emprunts à lots, sauf celle qui en fait aujourd'hui la demande.

« Loin de croire avec quelques-uns de ses membres que l'adoption de cette loi doive être précédée du refus d'autorisation à la compagnie de Panama, votre commission a pensé que le procédé logique pour inaugurer un régime de liberté était de donner cette liberté à ceux qui la demandent. Il nous semble donc que ceux qui partagent l'opinion de M. Félix Faure doivent être les premiers à accepter la proposition de loi déposée par nos collègues. »

Messieurs, il semble, vraiment, que quand on parle de livrer aux compagnies financières le droit d'exploiter les loteries en France, on parle d'une chose toute simple !

**M. Bovier-Lapierre.** Très bien ! très bien !

**M. Léopold Goirand.** Il semble que cette proposition de loi, qui a été simplement indiquée, puisse demain aborder cette Chambre, provoquer nos débats et aboutir à une solution favorable à la pensée de son auteur. Il semble que nous soyons à la veille de dire : Il sera interdit à tout le monde de faire de la loterie... excepté à certaines personnalités dont la moralité est au-dessus de tout soupçon, aux sociétés financières. (Très bien ! très bien !)

On me répondra que l'auteur de la proposition a limité les sociétés financières qui pourraient bénéficier de cet avantage : ce seraient les sociétés reconnues comme ayant un caractère d'intérêt public.

**M. Vernhes.** Et international!

**M. Léopold Goirand.** Vous auriez donc, d'après cette proposition, deux sortes de sociétés : les sociétés qui n'auraient pas le caractère d'intérêt public, auxquelles vous interdiriez le droit d'émettre des valeurs à lots, et les sociétés qui auraient un caractère d'intérêt public.

Mais qui donc aura compétence pour déterminer, pour délimiter ces deux catégories de sociétés? (Très bien! très bien! à gauche.) Qui donc voudrait nous ramener aujourd'hui au régime de la loi de 1862, où l'autorisation préalable du Gouvernement était nécessaire pour fonder une société anonyme?

Vous me direz : Mais, les sociétés anonymes seront libres comme auparavant! Je vous répondrai : Ce pourra être le régime de la liberté, ce ne sera pas celui de l'égalité.

Vous créeriez en effet une sorte d'aristocratie financière, une espèce de sociétés ayant l'investiture gouvernementale et qui seules auraient le droit, le privilège d'exploiter les passions publiques au moyen de la loterie. (Très bien! très bien!)

Je dis, messieurs, qu'un pareil projet n'est pas réalisable ; si jamais nous arrivons à l'examiner dans cette Chambre, il est destiné à un échec certain.

Il est donc inutile de compliquer le débat et de dire que nous sommes aujourd'hui sur le seuil d'une réforme libérale, que nous sommes à la veille de voir les valeurs à lots également exploitées par toutes les grandes sociétés ayant un intérêt public, et que, dans ces conditions, ce serait faire preuve d'une bien mauvaise volonté que de refuser à la compagnie de Panama la faculté de profiter dès aujourd'hui de ce qui sera le droit commun de demain.

Je dis que cet argument ne tient pas, que le droit commun de demain sera ce qu'il est aujourd'hui, que vous ne changerez pas la loi sur les loteries, et que si vous la changez, ce ne sera pas au profit des sociétés financières.

S'il en est ainsi, il ne s'agit pas de savoir quels sont ceux qui, dès maintenant, ont l'intention, au point de vue simplement du principe de la liberté, de voter la proposition de loi qui nous est soumise. Ce principe de la liberté en matière de loteries est un leurre. Il ne faut pas nous payer de mots, il ne faut pas que vous vous laissiez séduire par la phrase qui se trouve à la fin du travail de M. le rapporteur et dans laquelle il est dit que l'exploitation de la crédulité publique, de la passion du lucre, de cette faiblesse qui pousse les gens à vouloir gagner de l'argent sans travailler... (Vifs applaudissements à gauche), constitue un régime libéral, que ce régime, nous sommes à la veille de le voir éclore, et qu'en conséquence nous avons dès aujourd'hui à en faire l'application à la société de Panama. (Nouveaux applaudissements.)

Je vous ai donné connaissance de la partie du travail de la commission qui concerne cette sorte d'enquête très restreinte à laquelle elle a procédé. Mais il y a au fond du dossier de Panama quelque chose de beaucoup plus intéressant que les dépositions des ingénieurs de la compagnie ou de tel ou tel autre personnage intéressé. Il y a surtout des contrats.

Chaque fois que la compagnie de Panama fait appel au crédit public, il y a deux points qu'elle prend soin de souligner dans ses prospectus : l'ouverture du canal à une époque déterminée, et l'existence d'un contrat à forfait.

L'ouverture du canal, elle a été annoncée sept fois consécutivement et à des dates différentes. L'existence d'un contrat, elle a été affirmée chaque fois qu'il a fallu inspirer confiance au crédit public.

Lors de la première émission, c'est avec

le contrat Hersent-Couvreux qu'on est arrivé à faire souscrire le capital social. Le
capital souscrit, le contrat Hersent et Cou-
vreux ayant accompli sa fonction a dis-
paru. Pourquoi? Est-ce par suite d'inexécu-
tion des conditions de la part des entrepreneurs, et par conséquent de circonstances
indépendantes de la volonté de la compagnie? S'il en était ainsi, pourquoi la compagnie a-t-elle payé 1,200.000 fr. d'indemnité à M. Hersent?

Lorsqu'il s'est agi de faire appel de nouveau au crédit public, nous avons vu sur-
gir un autre contrat : c'était le contrat des
entrepreneurs hollandais, ces fameux entrepreneurs hollandais, — alors qu'il s'agit
d'une entreprise essentiellement nationale
de laquelle aucun argent ne doit sortir que
pour rentrer dans la poche des Français—
qui devaient enlever par mois 1 million de
mètres cubes, et qui ont dû quitter les
chantiers n'ayant jamais pu en déblayer
que 50,000.

Aujourd'hui, nous sommes en présence
d'un autre contrat, car on ne comprendrait
pas que la compagnie du Panama fît appel
au crédit public sans montrer un contrat.
(Sourires.) Elle a son contrat, qui porte le
nom d'un homme très connu, d'un homme
qui jouit actuellement d'une grande notoriété.

On ne pouvait pas, dans le monde des entrepreneurs, trouver une étiquette qui pût frapper davantage la crédulité publique. La compagnie a pour entrepreneur l'auteur de la tour... M. Eiffel! (Ah! ah!)

Qu'est-ce que le contrat Eiffel? J'ai eu la curiosité de le lire d'un bout à l'autre. J'ai vu, messieurs, bien des contrats, rédigés par les intelligences les plus déliées; je n'en ai jamais vu d'aussi curieux que celui-là.

On confie à M. Eiffel 125 millions de travaux. Evidemment la compagnie de Panama, en propriétaire intéressée et prudente, stipule de son entrepreneur un cautionnement, des garanties? c'est son devoir; ayant la sauvegarde des intérêts de ses actionnaires, la compagnie de Panama devait stipuler un cautionnement. Ce cautionnement, sur 125 millions de travaux, est estimé à 1 million.

« M. Eiffel devra consigner 1 million pour garantir l'exécution de ses travaux, dans les mains de la compagnie. »

Comment le consignera-t-il?

Sans doute, il faut accorder à M. Eiffel de grandes facilités. Il semblerait, à voir le mode de réalisation de ce cautionnement, que ce qui gênait le plus M. Eiffel à ce moment-là, ce n'était pas les espèces sonnantes. (On rit.)

En effet, il stipule que son cautionnement

sera ainsi réalisé : 200,000 fr., quinze jours après la signature du contrat, en espèces ou en titres agréés par la compagnie ; et 800,000 fr. en traites non négociables—tant est grande la confiance de M. Eiffel dans la compagnie de Panama ! — en traites non négociables, souscrites par M. Eiffel, et payables : 300,000 fr., le 1er octobre 1888 ; 300,000 fr.. le 1er janvier 1889 ; 200,000 fr., le 1er mars 1889.

Evidemment, c'est un cautionnement ; en droit, il mérite ce nom ; c'est une garantie —' elle vaut ce qu'elle vaut — c'est une garantie de 1 million sur 125 millions, une garantie en papier, en valeurs agréées par la compagnie, et en traites non escomptables.

Et que donnait-on à M. Eiffel? Il faut croire que M. Eiffel tenait le haut du pavé, car les stipulations qu'il a imposées à la compagnie sont dures. Il doit donner, lui, à la compagnie en garantie, quinze jours après la signature du contrat, 200.000 fr. en titres plus ou moins solides ; mais lui, que reçoit-il? Ah! ce n'est pas quinze jours après la signature qu'il reçoit quelque chose, c'est en signant. Et que reçoit-il? Il reçoit tout de suite 200.000 fr. (Applaudissements et rires à gauche.)

Il reçoit encore 200,000 fr. trente-cinq jours après, le 15 janvier 1888 ; puis il reçoit

1,100,000 fr. dans les trois mois qui suivent, et cela indépendamment de tout travail commencé. Je vais vous expliquer ce point tout à l'heure.

Dans le même contrat on prévoit une allocation à forfait de 1,200,000 fr. pour les déviations de cours d'eau qui seront faites pendant la durée des travaux; un autre forfait de 3 millions pour l'entretien et le déplacement des voies de toute nature. Comment ces forfaits sont-ils payés? 400,000 fr. sont payables le 1er janvier 1888, — entendez-le bien, vingt jours après la signature du contrat; — 400,000 fr. le 1er mars 1888; 400,000 fr. le 1er avril 1888.

Mais, messieurs, ce n'est pas tout! Pour la seconde garantie de 3 millions, M. Eiffel touche 500,000 fr. le 1er janvier 1888, vingt jours après la signature du contrat; 250,000 francs le 1er février 1888 ; 250,000 fr. le 1er mars ; 250,000 fr. le 1er avril.

M. Eiffel, aujourd'hui, a touché 4 millions! (Exclamations.)

*A gauche.* Et il a donné 200,000 fr. en titres!

M. Léopold Goirand. Eh bien, messieurs, comparez maintenant les autres conditions du contrat avec ces stipulations véritablement léonines.

Le contrat prend fin le 30 juin 1890; à

cette époque, les travaux dont M. Eiffel s'est chargé doivent être terminés. Et si, le 30 juin 1890, les travaux ne sont pas finis; si, le 30 juin, par la faute de M. Eiffel, la compagnie ne peut pas mettre en exploitation son canal, qu'est-ce qu'elle perd? Elle perd, par mois, un douzième des 120 millions dont elle prétend pouvoir faire recette chaque année, soit 10 millions.

Pour s'indemniser de ces 10 millions, savez-vous ce qu'elle stipule de M. Eiffel? 100,000 fr.! C'est-à-dire que la compagnie se trouve absolument dans les mains de son entrepreneur; c'est-à-dire que s'il convient à M. Eiffel de spéculer sur les conditions de son contrat, il peut lui dire : Chaque fois que je perdrai 100,000 francs, vous perdrez 10 millions; nous verrons bien celui qui se lassera le premier! (Rires et applaudissements à gauche.)

On peut donc affirmer que M. Eiffel est aujourd'hui le maître de l'affaire du Panama. Il en est le maître non seulement par son contrat, mais par l'argent qu'il a reçu. Car enfin, si vous n'autorisez pas l'émission des valeurs à lots demandée par la compagnie de Panama, croyez-vous que M. Eiffel rendra les 4 millions qu'il a reçus ? Ce n'est pas probable!

**M. Saint-Martin** (Vaucluse). Ils sont déjà employés. Vous ne tenez pas compte de ce qu'il a déjà dépensé, des matières premières qu'il a achetées. (Bruit.)

**M. Léopold Goirand.** Ah! permettez! je tiens à m'expliquer. (Très bien! très bien! — Parlez!)

Il n'y a pas de doute. Il est bien entendu que les trois chefs de payement dont j'ai signalé les diverses échéances ne s'appliquent nullement à l'exécution de travaux successifs correspondant à divers prix de séries annexées au contrat. Ce n'est pas cela. Il s'agit d'un forfait pour l'entretien des voies, d'un forfait pour la dérivation des eaux, d'un forfait pour les travaux successifs qui doivent avoir toute la durée de l'entreprise Eiffel, et pour ces travaux, qui doivent durer autant que l'entreprise de M. Eiffel, on paye actuellement 1 million par mois.

Je dis qu'au fond il y a dans ce contrat une chose qui peut paraître extraordinaire mais dont cependant je n'hésiterai pas à signaler le véritable caractère.

En fait, deux hommes se trouvaient simultanément en présence d'entreprises difficiles à réaliser, ayant à un même moment une égale notoriété et, il faut bien le dire, manquant également d'argent. Ces deux hommes se sont compris : l'un a donné son nom, M. Eiffel, et l'autre a donné les millions de Panama.

M. Eiffel lui aussi, nous en avons encore le souvenir, a tenté au début de mettre son entreprise en actions; mais moins heureux que M. de Lesseps, il n'a pu trouver d'actionnaires.

Aujourd'hui, grâce au merveilleux contrat que j'ai analysé, nous voyons s'élever peu à peu le colossal monument qui doit, dit-on, rester comme un témoignage de notre industrie nationale; mais le tour de force dont M. Eiffel pourra surtout se féliciter, ce sera moins d'avoir élevé sa tour que de l'avoir construite avec l'argent des actionnaires de Panama. (Très bien! très bien!—Rires et applaudissements à gauche.)

**M. Richard** (Drôme). Lorsqu'on produit de pareils faits à la tribune, on les prouve.

**M. Bovier-Lapierre.** C'est ce qu'on appelle faire une affaire.

**M. Léopold Goirand.** Messieurs, votre commission n'est pas entrée dans l'examen technique de l'affaire; elle s'y est refusée. Elle a prétendu qu'elle n'avait pour cela aucune compétence; je ne sais pas si elle aurait pu dire également qu'elle n'avait aucun mandat. Mais, enfin, ce que la commission n'a pas fait, il faut bien, nous, que nous le fassions. Vous ne pouvez pas nous demander de voter une loi ayant une pareille importance sans savoir ce que nous allons faire.

La première question qui se pose, qu'on ait plus ou moins de compétence pour la résoudre, c'est de savoir si l'entreprise est viable, si les sacrifices qui vont être faits, si ces prélèvements nouveaux que vous allez ordonner sur la fortune publique auront, en définitive, des conséquences utiles.

Eh bien ! votre commission n'a pas voulu le rechercher; nous, nous devons l'examiner sur les données de M. de Lesseps.

M. de Lesseps évalue ses dépenses et ses charges à 92 millions. Je ne rentrerai pas dans le détail, je signalerai seulement en passant qu'il ne prévoit rien pour l'entretien des berges du canal, cet entretien qui est déjà très coûteux pour le canal de Suez et qui sera surtout très coûteux pour le canal de Panama. Car les berges ne sont faites qu'à une pente de 45 degrés seulement, et de l'avis de tous les hommes compétents, dès le passage du premier navire des éboulement considérables se produiront sur tout le parcours.

Or, pas un sou n'est prévu pour ce cas. Rien n'est prévu non plus pour l'élévation des millions de mètres cubes d'eau qui doivent alimenter les parties supérieures du canal; rien n'est prévu pour les frais de remorquage et de pilotage, qui, dit-on, doivent produire 8 millions à la compagnie. Je ne signale ces détails qu'en passant, et je retiens comme exact, provisoirement, le chiffre de 92 millions pour les charges, le chiffre des recettes étant de 125 millions.

Le principal élément de ces recettes, c'est le nombre de tonnes qui pourra traverser le canal. Eh bien, sur cette évaluation capitale, M. de Lesseps nous a fait assister aux variations les plus étonnantes. Voilà ce qu'il disait en 1879 :

« La recette qui proviendra de la perception du seul droit de transit fixé à 15 fr., portant sur 6 millions de tonneaux, procurera un revenu brut annuel de 90 millions de francs.

« Avec un capital de 400 millions, et en tenant compte d'un emprunt en obligations, la dépense annuelle pour l'entretien et l'exploitation du canal, l'intérêt et l'amortissement des obligations, ainsi que les charges de toute nature résultant de la concession ne dépasserait pas 35 millions de francs.

« Le revenu étant de 90 millions de francs, et, aux termes des statuts et de la loi de concession, 85 p. 100 des bénéfices étant assurés aux actionnaires, ces derniers recevraient, sous forme de dividende, 47 millions de francs, soit 11 1/2 p. 100 dès les premières années de l'exploitation. »

Eh bien ! je considère que M. de Lesseps,

lorsqu'il a fait cette annonce au public, ne s'est pas du tout préoccupé du besoin qu'il avait de justifier son affaire; il a évidemment, à ce moment, consulté les statistiques, et, dans l'indépendance de son caractère, il a évalué le trafic probable : il l'a estimé à 6 millions de tonnes.

Aujourd'hui, M. de Lesseps se trouvant en présence d'une charge, non pas de 35 millions, mais de 92 millions, serait fort gêné s'il devait vous reproduire aujourd'hui son prospectus de 1879. Il faudrait reconnaître, en effet, que les recettes seraient de 90 millions seulement, et les dépenses étant de 92 millions, il y aurait 2 millions de déficit. Un esprit moins fécond que M. de Lesseps eût pu être embarrassé; mais lui ne l'a pas été pour si peu; il a su rapidement remettre tout en place; il lui a suffi de supposer qu'au lieu de 6 millions de tonnes on aura 7 millions 1/2, et, au lieu du chiffre de 92 millions, il arrive ainsi, tout naturellement, à celui de 125 millions.

Mais sur quoi se base-t-il pour affirmer que ces 6 millions d'il y a quelques années ont atteint aujourd'hui 7 millions et demi? Il se baserait, paraît-il, sur l'opinion de M. Levasseur.

J'appelle, messieurs, toute votre attention sur ce point.

Quelle que soit l'interprétation que l'on puisse donner à l'opinion de M. Levasseur, on ne peut jamais arriver à 7 millions 1/2 de tonnes.

Voici, en effet, ce qu'il a dit : « Il importe de ne pas se méprendre sur la portée de ces chiffres, ils ne signifient pas que 7,250,000 tonnes » — car M. Levasseur n'a pas dit 7,500,000 tonnes — « que 7,250,000 tonnes prendront nécessairement la route du canal l'année de son ouverture, ni même les années suivantes.

« Tout d'abord il faut remarquer la différence qu'il y a au point de vue des probabilités entre un courant qui existe et un courant qu'on estime devoir se former; or, nous comptons deux millions pour un courant de cette seconde espèce.

« Nous ne disons même pas que le courant qui existe et qui, si aucune perturbation extraordinaire ne modifie le mouvement économique dans l'intervalle, se trouvera, d'après une évaluation modérée, grossi jusqu'à 5 millions 1/4 de tonnes en 1886, doive entrer tout entier dans le canal. Nous donnons en bloc le nombre brut; nous ne faisons pas la part de chacune des voies de communication qui existeront alors à travers le continent ou au sud du continent américain. C'est au canal à se faire lui-même. Nous lui montrons le double réservoir dans lequel il aura à puiser pour s'alimenter le jour de sa naissance... »

M. Levasseur ne constate donc, au moment où il parle, que 3 millions et quart de tonnes pour le courant existant.

Puis il prévoit, à raison de 5 p. 100 par an, une augmentation graduelle et éventuelle de trafic, qui porterait alors le nombre de tonnes à 7,250,000 en 1889. Mais, messieurs, lorsque M. Levasseur faisait son calcul et lorsqu'il signalait ces augmentations probables et successives, on était en 1879, c'est-à-dire en pleine prospérité commerciale, à un moment où les échanges internationaux étaient extrêmement actifs; il y a des années que ce mouvement s'est arrêté. J'en trouve la preuve dans les statistiques mêmes du canal de Suez.

Le trafic de ce dernier est un trafic normal qui devrait suivre la même progression que celui du canal de Panama. Or, savez-vous quelle est la progression de ce trafic? Il est resté, en 1887, sensiblement égal à ce qu'il était en 1883; le nombre de tonnes ne s'est accru, dans cet intervalle de quatre années, que de 128,000 tonnes, soit 1 1/2 ou 2 p. 100 environ par an.

Eh bien, cette progression de 5 p. 100 prévue par M. Levasseur, qu'il faudrait considérer comme constante, comme acquise, pour arriver au chiffre de 7,250,000 tonnes, cette progression n'a pas pu se produire à cause du trouble économique dans lequel toutes les nations du monde sont plongées à l'heure actuelle.

Si pour le canal de Panama, cette progression, au lieu de se produire sur une échelle de 5 p. 100, ne s'effectue que sur une échelle de 1 1/2 p. 100, où prendra-t-on les 7,500,000 tonnes qui doivent alimenter la caisse de la compagnie et lui permettre de faire face aux charges nouvelles dont va la grever le nouvel emprunt qu'elle sollicite ?

Mais ici une nouvelle question se pose. Est-ce que, avec un canal à écluses, vous pourrez faire transiter 7,500,000 tonnes?

Si nous examinons la réponse qui nous est faite à cette question, par M. de Lesseps, nous voyons qu'elle est au moins très osée et très téméraire.

M. de Lesseps prétend que son canal à écluses lui permettra de faire transiter 10 bâtiments par jour. Il est obligé pour justifier cette affirmation, de supputer minute par minute le temps que chaque navire mettra à traverser chaque écluse, et voici ce qu'il dit : « La durée totale du passage d'un navire dans un sas serait de 59 minutes ainsi réparties :

| | Minutes. |
|---|---|
| Perte de temps à l'entrée.......... | 10 |
| Entrée du navire................. | 9 |
| Fermeture des portes d'aval....... | 3 |
| Remplissage..................... | 15 |
| Ouverture des portes d'amont..... | 3 |
| Sortie du navire................. | 9 |
| Perte de temps à la sortie........ | 10 |
| Total.............. | 59 |

Messieurs, voilà un homme qui a évalué les charges du canal à niveau à 35 millions il y a quelques années et qui, aujourd'hui, reconnaît qu'elles sont nécessairement de 92 millions pour un simple canal à écluses : il s'est trompé de 57 millions sur 92, et il ne craint pas de venir vous supputer minute par minute le temps que mettra un navire pour traverser les écluses d'un canal qui n'est pas encore construit !

Je me demande si de pareilles données méritent un examen sérieux. (Très bien ! très bien ! à gauche.) Comment ! c'est à condition que dans toutes ces opérations il n'y ait pas même une perte de temps d'une minute, c'est à condition que chacune d'elle sera restreinte, dans les limites très étroites que vous lui avez assignées d'avance, que 10 navires passeront !

Mais, messieurs, ce n'est pas tout. Il faut nécessairement, pour arriver au résultat promis, non seulement que chaque opération se passe mathématiquement, comme M. de Lesseps l'a ordonné, mais encore il faut que le transit de nuit soit possible. Or, c'est une grosse question dont on ne parle nulle part. Savez-vous bien qu'il a été impossible dans le canal de Suez pendant très longtemps; savez-vous bien qu'aujourd'hui encore, sur plus de 3,000 navires qui traversent le canal de Suez, il y en a à peine 40 qui osent s'y aventurer la nuit? (Très bien! très bien!)

Et notez bien qu'il s'agit d'un canal rectiligne, qui traverse des lacs immenses dans lesquels les steamers peuvent se lancer à toute vapeur. Voilà ce qui existe pour le canal de Suez. Croyez-vous qu'il en sera autrement pour le canal de Panama qui comporte des courbes nombreuses, qui va être enserré entre des berges étroites, abruptes, qui va, au lieu d'offrir au contact des navires des bords friables de sable comme dans le canal de Suez, leur présentera des berges composées de roches, par conséquent un contact dur, solide, qui pourrait compromettre la sécurité des bâtiments? Croyez-vous que les compagnies d'assurance consentiront à couvrir dans leurs polices des risques de cette nature?

Et s'il en est ainsi, pourquoi M. de Lesseps ne s'en explique-t-il pas? pourquoi vient-il nous donner comme une chose sûre, certaine, normale, ce travail de nuit qui n'a pas encore été appliqué à Suez? Ne suffit-il pas de vous signaler ces lacunes pour faire du même coup crouler tout cet échafaudage de chiffres qu'on nous donne comme constituant des recettes certaines.

Mais, messieurs, ce n'est pas encore tout, il y a une troisième condition nécessaire; pour que la production prévue pour le transit soit réalisée, il faut que les navires aient une moyenne de 2,500 tonnes. Mais, vous devez vous rappeler que lorsque l'affaire de Panama a commencé à se produire dans le public, on a surtout dit que le canal serait alimenté par la marine commerciale, par la marine à voiles, que des navires de toute grandeur, des caboteurs, des navires qu'on ne serait pas obligé de construire exprès comme on fait pour Suez, que cette marine, dis-je, qui est toute prête et qui est aujourd'hui obligée de faire le tour du cap Horn, viendrait immédiatement alimenter le canal de Panama. Quelle est donc la moyenne du tonnage des navires de commerce? Est-elle de 2,500 tonnes?

Voici ce que je lis dans la *Revue Gazette*, qui est l'organe des canaux de Suez et de Panama:

« La recette seule du service de la navigation s'est élevée à 57 millions, représentant une moyenne de 18,443 fr., ce qui donne pour chaque navire une moyenne de 1,940 tonnes, c'est-à-dire que pour Suez, en 1887, la capacité moyenne des navires qui ont transité était de 1,940 tonnes. »

Mais il ne faut pas oublier que pour le transit de Suez, des flottes spéciales ont été créées et que l'Angleterre, pour le service de ses colonies, pour le service des Indes, a créé d'énormes steamers, des vaisseaux pour ainsi dire monstres de 4,000 tonnes, qui sont faits spécialement pour le transit de Suez. Cette flotte-là n'existe pas pour Panama et avant qu'un pareil courant ne s'y établisse, il faudra attendre bien des années. C'est seulement après dix-sept à dix-huit ans qu'on a fait à Suez ces constructions nouvelles qui ont été sollicitées par l'intérêt même du commerce étranger.

Mais je ne m'en rapporte pas seulement à ce que donne le rapport de Suez. Je prends le tableau de statistique intitulé : « Les nouveaux vapeurs inscrits pour l'au delà de Suez. » Ces nouveaux vapeurs en mars 1888 sont au nombre de 18 ; ils jaugent 3,003,000 tonnes et ils donnent une moyenne de 1,822 tonnes ; par conséquent la moyenne n'a pas varié. Voilà pour Suez.

Si maintenant je m'en rapporte à des calculs portant sur des constructions non spéciales à Suez, mais dont on a l'habitude d'user dans le monde commercial, si j'y prends, par exemple, les entrées comparatives de 1886 et 1887 dans le port d'Anvers, j'établis les comparaisons suivantes entre 1886 et 1887.

En 1886, il est entré au port d'Anvers 3,963 navires jaugeant 3,400,000 tonnes, ce qui donne une moyenne de 850 tonnes par navire. Voilà la moyenne réelle. Nous sommes loin des 2,500 tonnes annoncées par la compagnie de Panama !

Je prends maintenant l'année 1887. En 1887, il est entré dans le port d'Anvers 4,176 navires, représentant 3,638,000 tonnes de jauge, ce qui donne une moyenne de 876 tonnes.

Messieurs, il me semble que ce sont là des chiffres, que ce sont là des documents qui ne résultent pas de simples approximations. Je prends ces chiffres dans les statistiques, et même dans celles de la compagnie. Il est donc dès maintenant avéré qu'alors même que la compagnie pourrait réaliser ce problème, d'attirer dans son orbite un trafic de 7 millions et demi de tonnes, quand même la compagnie arriverait, pour la première fois, à réaliser ses prévisions, à faire qu'aucun navire dans ses opérations ne dépensât mathématiquement que le nombre de minutes assignées par M. de Lesseps, même alors l'importance du trafic serait inférieure à plus de 60 p. 100 du nombre de tonnes annoncées ; les statistiques que je viens de vous communiquer ne vous donnent pas, en effet, une moyenne de 2,500 tonnes, mais de 800 à 850 tonnes; et tant qu'une flotte spéciale n'aura pas été créée pour transiter dans le canal — ce qui demandera au moins dix ans — la compagnie sera obligée de recevoir les navires qui voudront passer, les navires dont je vous cite les types, et qui donnent au port d'Anvers une moyenne de 876 tonnes.

**M. Richard** (Drôme). Vous ne dites pas que la moitié de ces bateaux sont des bateaux de pêche, ayant un tonnage infime.

**M. le comte de Douville-Maillefeu.** Il n'y a pas un bateau de pêche à Anvers. C'est à 140 kilomètres de la mer.

**M. Léopold Goirand.** C'est un exemple que je donne. Vous remarquerez que la statistique du port d'Anvers est sensiblement en concordance avec la statistique de contenance des navires qui transitent au canal de Suez; il n'y a aucune contradiction entre les données résultant des deux statistiques.

Celle de Suez donne un trafic de 1,822 tonnes ; celle d'Anvers donne 850. La différence est comblée précisément par les types de navires dont je parlais tout à l'heure, de navires de 4,000 tonnes, par les gros cuirassés et en même temps par des paquebots-poste construits spécialement en vue de Suez. C'est ce qui explique cette différence.

**M. Félix Faure.** Il n'y a aucune analogie entre Anvers et Suez.

**M. Léopold Goirand.** Mais il n'y a pas que cela. Il y a aussi le prix de 15 fr. par tonne. Non seulement il faut que la compagnie de Panama fasse tous les tours de force qu'elle vous a promis. Non seulement il faut qu'elle arrive à créer la navigation de nuit dans son canal, qu'elle fasse les opérations de transit minute par minute, qu'elle trouve 7,500,000 tonnes qui n'ont jamais existé, mais il faut qu'elle obtienne de ces 7,500,000 tonnes, 15 fr. par tonne. Est-ce possibe ? Est-il possible que sur un parcours qui correspond à un fret variant de 13 à 18 et 20 fr., on puisse arriver à percevoir 15 fr. par tonne ?

Voici ce que je lis dans l'*Economiste français*, — et ce n'est pas l'opinion personnelle de l'*Economiste*, ce sont les reproductions de statistiques, — j'y relève que le cours des frets du Havre à San-Francisco est de 13 à 20 fr. la tonne, plus 10 p. 100 ; d'Angleterre à San-Francisco, le cours était de 17 shellings ou 21 fr. environ. Dans le *Bulletin du canal interocéanique*, l'organe de la compagnie, du 1er avril 1885, on relève ces mêmes chiffres pour le cours du fret d'Angleterre et du Havre à San-Francisco.

Ce droit de 15 fr. représenterait donc 75 p. 100 du prix du fret et parfois le dépasserait. Messieurs, n'est-il pas évident que si la compagnie, pour arriver à balancer ses recettes et ses dépenses, est obligée de vous promettre de maintenir un prix de 15 fr. par tonne, elle vous promet une chose absolument impossible ? Vous savez bien ce qui s'est passé à Suez ; vous savez que la compagnie a été obligée de baisser son tarif alors que rien ne l'y contraignait dans son contrat. Elle prétend que c'est dans l'intérêt de son propre commerce ; mais, en réalité, elle l'a fait pour obéir aux injonctions de l'Angleterre, parce qu'elle a craint, d'une manière ou d'une autre, d'être dépossédée, parce qu'elle a craint que la majorité de son conseil d'administration ne se déplaçât, que l'influence française fût supplantée par l'influence anglaise.

Bref, sans avoir à examiner les divers mobiles auxquels obéit M. de Lesseps, toujours est-il qu'il a été obligé de faire ce à quoi il n'était pas contraint par son firman.

Il sera obligé de faire la même chose en Amérique. Est-ce que vous croyez que ce que l'Angleterre obtenait à Suez, l'Amérique ne l'obtiendra pas à Panama? Est-ce que vous croyez que lorsque vous aurez fait ce canal dans le continent américain, les nations voisines permettront à M. de Lesseps d'imposer un tarif tellement élevé que le transit soit rendu absolument impraticable? Est-ce que vous croyez que ce qui a soulevé les objections de l'Angleterre ne soulèvera pas également les objections des Etats-Unis, lorsqu'on imposera un tarif presque probibitif, qui arrive à égaler presque le fret lui-même, dans le cas par exemple du fret payé du Havre à San Francisco?

Toutes ces difficultés accumulées les unes sur les autres, les partisans du projet de loi nous disent : ne les examinez pas : c'est beaucoup plus simple; vous n'avez pas de compétence pour dire si les navires peuvent transiter dans le nombre de minutes déterminé par M. de Lesseps; vous n'avez pas de compétence pour dire que les chiffres de M. Levasseur sont éventuels. Vous n'avez pas de compétence pour constater que les statistiques nous prouvent que le tonnage n'est pas de 2,500 tonnes.

On se borne simplement à vous dire que c'est une affaire d'intérêt public. Si les renseignements sur la compagnie de Panama ne sont pas clairs, on vous dit : prenez comme base les rendements de la compagnie de Suez! — car, en effet, une des choses les plus remarquables dans cette affaire et qui n'est pas évidemment faite pour donner une haute opinion de l'intelligence du public, c'est que pour lui faire souscrire les titres de Panama, on lui dit : voyez la prospérité de la compagnie de Suez; pour l'entraîner dans cette entreprise colossale, presque irréalisable, on lui dit : Suez a enrichi ses actionnaires, il en sera de même de l'entreprise de Panama.

C'est le raisonnement que font les petites compagnies de chemins de fer qui, pour placer leurs titres, citent les bénéfices et la cote des grandes compagnies du Nord, de l'Orléans, etc. Elles n'ont pas d'autre procédé les petites compagnies d'assurances, qui, pour en imposer au public, citent les actions des grandes compagnies d'assurances. Mais il faut être fixé sur cette assimilation mensongère que l'on cherche a établir entre l'entreprise de Suez et celle de Panama; il n'y a absolument aucune analogie possible (Très bien! très bien!) entre la situation qu'avait Suez lorsqu'elle sollicitait l'autorisation du Gouvernement pour émettre des valeurs à lots, et la situation qu'a aujourd'hui Panama, venant demander la même faveur, et je suis d'autant mieux venu à protester contre cette assimilation, que c'est précisément en la réitérant que M. le président de la commission est descendu de cette tribune.

Je dis qu'aucune analogie ne peut être établie entre les deux entreprises : lorsque Suez a demandé l'autorisation d'émettre des valeurs à lots, vous rappelez-vous la quantité de valeurs dont elle demandait l'émission ? elle demandait à émettre 100 millions de valeurs à lots. Panama demande à en émettre 700 millions et de plus l'autorisation d'écouler dans le public, sous forme de conversion, 800 autres millions de titres déjà existants. La comparaison est donc celle-ci : 100 millions d'un côté, 1,500 millions de l'autre.

Lorsque Suez sollicitait cette autorisation, elle n'avait aucune dette : Panama doit aujourd'hui plus de 750 millions sans compter le passif de son capital social. Les travaux de Suez étaient presque finis. Quant à l'achèvement des travaux de Panama, nul ne saurait leur assigner un terme.

**M. le comte de Douville-Maillefeu.** Ils sont à peine commencés !

**M. Léopold Goirand.** Suez avait comme frais de toutes sortes : services des titres, services généraux, 16 millions; Panama, à l'heure actuelle, a 71 millions de charges, d'après l'avis même de son directeur.

Enfin, est-il besoin d'ajouter qu'il n'y a aucune assimilation possible entre les deux entreprises; que d'un côté il s'agissait de draguer une plaine de sable, et que de l'autre il s'agit, en définitive, de percer et de déplacer des montagnes; que d'un côté on avait un climat tempéré, on travaillait avec les ouvriers que le khédive donnait gratuitement, puisque la plupart des travaux se sont faits par corvée, tandis qu'à Panama, même au prix de l'or, la compagnie ne peut se procurer les ouvriers dont elle a besoin.

Il n'y a donc, entre les deux entreprises, aucune assimilation possible. (Très bien! très bien!)

Je vous demande pardon d'entrer dans tous ces détails (Parlez! parlez!); mais, en fait, les éléments d'information sur lesquels nous avions le plus droit de compter nous ont fait défaut. Nous pouvions espérer que M. Rousseau, ingénieur du Gouvernement, nous donnerait une appréciation précise, nette, en définitive, sur les chances que pouvait présenter l'entreprise de Panama : il s'est refusé de se prononcer. Nous pouvions espérer que le Gouvernement, qui, à l'aide des informations dont il dispose, peut avoir et doit certainement avoir une opinion faite, voudrait bien nous la communiquer. Le Gouvernement, pour des questions d'un ordre probablement purement financier, ne croit pas pouvoir nous communiquer ses impressions personnelles ; et quant à la commission, elle vous déclare qu'elle s'est tenue tout à fait au-dessus de ces questions de détail ; qu'elle s'est tenue au-dessus des questions techniques, qu'elle ne s'est reconnu aucune compétence pour les examiner, de même qu'elle ne vous reconnaît à vous-mêmes aucune compétence pour les résoudre.

Eh bien, comment la commission arrive-t-elle donc à justifier ses conclusions ?

Il ne s'agit pas pour elle de savoir si 2,500,000 tonnes transiteront, si on pourra exiger 15 fr. par tonne, si les navires pourront passer à raison de 10 par jour, comme l'affirme M. de Lesseps — ce sont des éléments bien importants cependant et qui seuls peuvent donner lieu à une balance exacte des comptes de la compagnie — la commission se détermine par d'autres raisons.

Elle dit : « La compagnie de Panama, par le nom et le passé des hommes qui la dirigent, par les collaborateurs éminents dont elle s'entoure, par le caractère grandiose et en quelque sorte humanitaire de l'œuvre qu'elle poursuit, par les efforts sérieux qu'elle a déjà faits et qu'elle fait encore pour mener cette œuvre à bien, mérite la bienveillance particulière des pouvoirs publics. »

Et plus loin : « ...en s'élevant au-dessus de toute considération technique ou financière, sans garantir, par conséquent, en aucune façon l'avenir, il lui a paru suffisant, pour accorder la facilité demandée, que l'entreprise eût un intérêt public incontestable, que son achèvement possible lui fut démontré... » — Je ne crois pas qu'à aucune page du rapport, l'achèvement possible soit démontré. Non seulement la démonstration n'est pas faite, mais elle n'est même pas essayée.

Si elle existe pour la commission et son rapporteur, c'est une démonstration tout intime, mais qu'on ne croit pas utile de nous communiquer.

« Il lui a paru suffisant que son achèvement possible lui fût démontré, que des sommes considérables y eussent déjà été engagées par l'épargne nationale, et que, par conséquent, il n'y eût aucun motif pour arrêter cette émission sous un régime de liberté. »

Ce régime de liberté, c'est celui que doit nous créer l'abrogation de la loi sur les loteries et qui doit avoir pour conséquence de

4

mettre celles-ci à la disposition des sociétés financières.

Au lieu de vous donner des éléments de
comptes qui puissent vous rassurer sur la
responsabilité que vous allez prendre, on
vous dit : Vous devez voter la loi parce que
l'affaire se présente à vous dans des conditions de sécurité morale exceptionnelle
(Exclamations à gauche), parce que vous
avez pour la garantie de l'exécution du pro-
gramme de M. de Lesseps le nom de M. de
Lesseps lui-même. Vous devez voter, parce
que vous voyez que cette entreprise est en-
tourée des conseils des hommes les plus
considérables, les plus compétents et dont
la capacité technique est telle, que par cela
seul qu'ils vous ont affirmé que le canal sera
achevé à une époque déterminée, vous devez oublier toutes les déceptions auxquelles vous avez assisté, vous devez croire que
ce qui est promis sera fidèlement tenu.

Voilà les arguments qu'on vous donne.
On vous dit que la compagnie a besoin de
valeurs à lots, et que si vous ne les lui don-
nez pas vous allez causer sa faillite, que
vous serez responsable de sa ruine.

Fort heureusement, la Chambre, aussi
bien que le gouvernement de la Républi-
que, n'a eu jusqu'à ce jour aucune attache
avec la compagnie de Panama. Quant à pré-
sent nous avons vis-à-vis de la compagnie,

une indépendance absolue; à aucun degré nous n'avons encouru jusqu'à ce jour de responsabilité. Nous n'avons donc, de ce côté, rien à craindre, et si après le rejet de la loi, la compagnie vient à crouler, on ne pourra s'en prendre qu'à ceux qui ont témérairement engagé les capitaux français dans une entreprise presque irréalisable, et, soyez-en sûrs, à ce moment-là, on recherchera non seulement les responsabilités morales, mais aussi les responsabilités civiles. (Très bien! très bien! sur divers bancs.)

**M. le comte de Douville-Maillefeu.** Il n'est pas trop tôt que cela commence!

**M. Léopold Goirand.** En fait, ce que la compagnie demande ce n'est pas les valeurs à lot, ce qu'elle vous demande, ce n'est pas l'avantage d'arriver à séduire le public par des lots de 500,000 fr. ou de 1 million. Evidemment, ce sera dans ses mains un instrument sûr dont elle saura se servir. Mais il y a une chose à laquelle elle tient avant tout, c'est de pouvoir afficher sur les murs de toutes les communes de France : Emprunt autorisé en vertu de la loi du... (Très bien! — Vifs applaudissements à gauche.)

*Un membre à gauche.* Un emprunt dÉ'tat !

**M. Verhnes.** C'est du chantage!

**M. Léopold Goirand**. Nous savons comme elle sait user de cette publicité. Nous avons assisté, au moment de l'émission du dernier emprunt, à des pratiques qu'on n'aurait tolérées chez aucune société financière; nous avons vu affiché sur tous les murs l'émission d'un emprunt, garanti par de la rente française. Rappelez-vous bien cela : vous avez vu que la compagnie de Panama contractait un emprunt garanti par de la rente française; il y a des gens simples, naïfs, qui ont lu cela, qui se sont dit : Mais le Gouvernement ne laisserait pas publiquement afficher une chose pareille si cela n'était pas vrai; j'ai devant moi une société qui peut me garantir le remboursement de mon argent par de la rente française. De la meilleure foi du monde le public a pu raisonner ainsi !

Eh bien, cette garantie donnée aux prêteurs par la reconstitution des capitaux, nous savons ce qu'elle vaut. L'épreuve en a été faite. Elle a été faite la première fois par l'emprunt mexicain. L'emprunt mexicain, mais j'en ai recopié dernièrement, sur la collection des journaux, l'affiche intégrale, et la compagnie de Panama ne pourra pas en faire d'autre.

C'est exactement la même chose.

Les prêteurs du gouvernement mexicain avaient lu cela aussi : Emprunt garanti par de la rente française. Ils ont prêté. Est-ce qu'ils ont été garantis? Est-ce qu'ils ont touché le remboursement de leurs 350 fr.? Est-ce que le jour où le gouvernement mexicain n'a pas pu payer l'intérêt, il n'a pas fallu fondre la cloche, est-ce qu'il n'a pas fallu liquider? Est-ce qu'il n'était pas logique, est-ce qu'il n'était pas nécessaire d'obéir aux injonctions des prêteurs qui disaient : Si vous ne pouvez pas nous payer nos intérêts, rendez-nous ce que vous pourrez de notre capital. Il a fallu qu'on prît les sommes versées à la Caisse des dépôts et consignations, qu'on liquidât et qu'on donnât à chacun le dividende qui lui revenait.

Vous avez eu un autre exemple de la reconstitution des capitaux. Il a été tenté par les bons de l'Assurance financière. (Ah! ah! sur divers bancs.)

Nous savons à quoi cela a abouti. (Très bien!)

Auparavant vous aviez eu une autre tentative de reconstitution du capital par l'épargne. J'ose à peine en parler dans cette Chambre, c'étaient les coupons commerciaux. Vous savez comment ils ont fini.

Voilà donc trois exemples du crédit public trompé par cette illusion, par ce leurre de la reconstitution du capital au moyen de l'accumulation des intérêts.

Eh bien, c'est après de pareils exemples, c'est quand il est bien constaté que de semblables procédés ne sont qu'un leurre et n'ont jusqu'à ce jour servi qu'à tromper le public, qu'on vous demande de les inscrire dans une loi française! car enfin c'est ce qu'on vous demande aujourd'hui.

Cette reconstitution de capital qui, dès maintenant, est chose jugée au point de vue moral, on vous demande de la présenter en appât aux prêteurs de Panama et d'en cautionner, pour ainsi dire, le fonctionnement par votre signature et par votre vote.

De plus on vous dit : Vous avez là une œuvre nationale que vous ne pouvez laisser périr. Une œuvre nationale! Si Suez avait traversé les mêmes difficultés, si Suez n'avait pas réussi, cela ne lui aurait pas ôté sans doute son caractère national ? Ce n'est pas le succès qui fait le caractère d'une œuvre ! Eh bien! cette œuvre nationale, voyez ce quelle est, savez-vous combien de navire ont transité par le canal de Suez dans le premier trimestre de 1887 ! 557 sur lesquels on compte 499 navire anglais et 19 français! (Exclamations à gauche). Voilà l'œuvre nationale !

Il est très vraisemblable que le canal de Panama aura exactement le même usage, c'est-à-dire que vous aurez risqué les capitaux et la fortune de ce pays pour ouvrir une voie de communication facile, économique, au profit de qui? Sera-ce au profit de la France, pour donner passage à dix-neuf navires dans le cours d'un trimestre? Ou bien au contraire pour donner passage, dans la même période, à quatre ou cinq cents navires anglais et à autant de navires américains qui feront d'autant plus facilement concurrence à notre industrie nationale. (Applaudissements sur divers bancs.)

Evidemment, ce qu'a fait la compagnie de Panama, ce n'est pas une œuvre nationale. Elle imite un peu et elle recommence les fautes que nous avions faites au point de vue militaire. Pendant longtemps ce pays a fait du donquichottisme militaire; nous faisons aujourd'hui du donquichottisme financier.

C'est le même aveuglement. Demandons-nous ce que sont devenus les millions que la France a envoyés au Pérou, au Honduras, en Turquie, en Espagne, tous ces capitaux sur lesquels on a payé seulement de maigres dividendes, heureux encore quand il y a eu des dividendes. Était-ce là aussi des œuvres nationales? L'œuvre nationale aujourd'hui, c'est le capital français mis naïvement au service des intérêts étrangers.

**M. le comte de Douville-Maillefeu.** Les

Anglais gagnent 2 p. 100 à faire des transports maritimes; ils sont contents.

**M. Léopold Goirand.** On voudrait décider votre vote en vous suggérant le sentiment de la grande responsabilité que vous encoureriez si, après le rejet de la loi, il y avait un effondrement sur le marché financier de Paris. Cette question a bien son importance, et il est impossible que nous ne l'examinions pas.

M. Hart, le syndic des agents de change, a été interrogé sur ce point. On lui a demandé quelle conséquence, quelle répercussion la ruine de la compagnie pourrait avoir sur les valeurs et sur la rente. Vous vous rappelez la réponse de M. Hart. Il a répondu : Elle n'aura aucune influence sur la rente française, aucune répercussion sur les autres valeurs.

Mais, sans doute, il fallait bien donner une fiche de consolation à la compagnie. M. Hart ajoute : « Cependant, si la petite épargne est ainsi échaudée une fois, elle deviendra très prudente, et, quand elle sera devenue prudente, la fortune de la France sera enrayée. » Voilà ce que dit M. Hart.

Je retiens de la réponse surtout la première partie, celle qui est vraiment précise, topique, celle dans laquelle il nous dit : Aucune connexité entre les titres de Panama et la rente française, aucune connexité entre la cote de ces titres et la cote des principales valeurs de notre marché financier.

Mais, du reste, ne l'eût-il pas dit que nous-mêmes, nous l'avons constaté. N'avons-nous pas, en effet, assisté à l'effondrement partiel de l'affaire de Panama, car enfin quand des titres baissent de 50 p. 100, l'effondrement est déjà en bonne voie, eh bien! cette sorte de liquidation de l'affaire de Panama, elle est commencée depuis longtemps, elle s'accomplit tous les jours, si bien qu'on arrive aujourd'hui à avoir perdu 50 p. 100 du capital et qu'en définitive quelque douleur qu'on ait à le constater, il ne reste plus que 50 p. 100 à perdre. (Mouvements divers.)

Mais, dira-t-on, ces 50 p. 100 à perdre, vous en parlez bien aisément : vous ne pensez donc pas qu'ils sont entre les mains de la petite épargne? Vous ne savez donc pas que ce sont surtout les gens peu au courant des choses de la finance, que ce sont surtout les domestiques, les petits travailleurs... (Protestations sur plusieurs bancs à gauche.)

Messieurs, j'admets que c'est surtout cette catégorie de capitalistes qui détient actuellement les titres de Panama. Ils ont déjà perdu 50 p. 100 : voulez-vous, me dit-on, leur faire perdre le reste?

Je compatis, quant à moi, à la situation des prêteurs de Panama ; je crois que ce sont des gens naïfs, de bonne foi, qui se sont laissé tromper, qui ont cru à toutes les promesses de la compagnie, que rien n'a pu éclairer, ni les déceptions les plus évidentes, ni les affirmations les plus audacieuses et les plus contradictoires; ils ont tenu ferme, ils ont cru à Panama, parce qu'on leur a dit : voyez Suez. Aussi, aujourd'hui, la plupart de ceux qui détiennent les titres ne les vendent pas, parce qu'ils pensent aux fortunes réalisées à côté d'eux par ceux qui ont acheté les titres de Suez 250 francs et qui peuvent les réaliser à 2,000 francs.

Eh bien! cette petite épargne, si compatissante que nous puissions être vis-à-vis d'elle, si nous voulons la sauver, en admettant qu'elle puisse être sauvée, si nous voulons venir à son aide, qu'allons-nous faire? Nous allons faire appel à l'autre petite épargne, sans doute?

*A gauche.* C'est cela! Très bien! très bien!

**M. Léopold Goirand.** C'est-à-dire que cette petite épargne, qui a bien sa responsabilité, qui a été imprudente, qui a préféré placer son argent à 10 et à 12 p. 100, plutôt que d'acheter de la rente française... (Très bien! très bien! à gauche.)

**M. le comte de Douville-Maillefeu.** Qui a joué.

**M. Léopold Goirand.** Cette petite épargne, pour la sauver, nous allons faire signe à une autre épargne, à l'épargne prudente, à celle qui est restée chez elle qui a défendu ses petites économies, qui a refusé de les livrer, qui n'a pas cru aux prospectus... (Applaudissements à gauche et au centre.) A celle-là, nous dirons : Ah! vous n'avez pas voulu verser vos fonds dans les caisses de Panama, vous avez été prudents : attendez! Nous, parlement, nous avons un moyen de vous faire sortir de votre réserve : nous allons autoriser la compagnie à émettre des valeurs à lots; elle promettra des lots de 500,000 fr., de 1 million à quiconque lui versera 4 ou 500 fr. Ah! gens prudents, nous verrons bien qui d'entre vous résistera.

Voilà le langage que vous tiendrez à cette petite épargne si vous adoptez la proposition de loi. (Applaudissements sur divers bancs à gauche et au centre.)

Est-ce que, véritablement, c'est là le rôle d'une Chambre? Est-ce le rôle du législateurs? Comment! dans toutes nos lois, nous voyons apparaître cette préoccupation constante et moralisatrice, qui consiste à proscrire le gain par le hasard, l'édification des fortunes par la loterie; nous proscrivons de pareilles tendances même pour la coupure de nos titres dans les sociétés par actions; et, tout à coup, nous répudierions ce rôle moralisateur, protecteur, qui nous est attribué par la nature même des choses! (Vifs applaudissements à gauche et au centre.) Nous deviendrions des provocateurs de la démoralisation publique, les corrupteurs de ceux même que nous devons protéger? Car c'est à cela qu'on nous convie. (Nouveaux applaudissements sur les mêmes bancs.)

**M. le comte de Douville-Maillefeu.** Voilà le mot : corrupteurs du peuple!

**M. Léopold Goirand.** Si, allant jusqu'au bout, nous entendions pousser jusqu'à ses dernières conséquences les sentiments de compassion et de pitié que nous pouvons avoir pour les malheureux actionnaires et obligataires de Panama, savez-vous ce qu'il faudrait faire? Je préférerais que l'Etat leur votât une indemnité. (Exclamations sur divers bancs.)

*Un membre à gauche.* Cela vaudrait mieux!

**M. Léopold Goirand.** Attendez, messieurs, vous allez saisir la portée de mon raisonnement. Je préférerais qu'on leur votât, dis-je, une indemnité... (Exclamations à droite et sur plusieurs bancs à gauche et

au centre) comme on en accorde aux victimes d'un fléau, aux victimes d'un incen-
die ou d'une inondation. (Mouvements divers.)

Vous feriez une chose injuste ; mais, au
moins, vous ne vous rendriez pas complices
d'une duperie. (Applaudissements répétés
sur un grand nombre de bancs à gauche et
au centre. — L'orateur, en retournant à
son banc, reçoit les félicitations d'un grand
nombre de ses collègues.)

Paris. — Imp. des Journaux officiels, quai V. Paître. 31.

www.ingramcontent.com/pod-product-compliance
Lightning Source LLC
Chambersburg PA
CBHW060822180626

46818CB00002B/916